鬥嘴一班 ⑱
糊塗遊學團

卓瑩 著

新雅文化事業有限公司
www.sunya.com.hk

目錄

人物介紹

高立民

班裏的高材生，為人熱心、孝順，身高是他的致命傷。

文樂心

（小辮子）

開朗熱情，好奇心強，但有點粗心大意，經常烏龍百出。

江小柔

文靜溫柔，善解人意，非常擅長繪畫。

胡直

籃球隊隊員，運動健將，只是學習成績總是不太好。

黃子祺

為人多嘴，愛搞怪，是讓人又愛又恨的搗蛋鬼。

周志明

個性機靈，觀察力強，但為人調皮，容易闖禍。

吳慧珠 (珠珠)

個性豁達單純，是班裏的開心果，吃是她最愛的事。

謝海詩 (海獅)

聰明伶俐，愛表現自己，是個好勝心強的小女皇。

第一章 不是觀光團

　　一個炎熱的中午，同學們用膳完畢後，都懶得往外跑，只三三兩兩地聚在一起聊天，黃子祺卻興沖沖地從外跑進來，向大家說：「好消息，學校今年將舉辦暑期遊學團呢！」

「遊學團？去哪兒？」文樂心很感興趣。

「就是我最喜歡的地方──日本沖繩！」黃子祺喜盈盈地回答。

吳慧珠雙目一亮，「我聽說那兒有一種用海鹽做的冰淇淋，既鹹又甜，味道特別得很啊！」她舔一舔嘴巴，恨不得馬上飛到沖繩去。

「嘩，在清澈見底的碧海中浮潛，看着一羣羣小魚兒在眼前游來游去，一定會很有趣！」高立民滿腦子盡是沖繩的藍天碧海。

胡直聽得心動不已：「嘩，很刺激，我也想去！」

活動大受歡迎，但名額有限，為了公平起見，負責統籌的麥老師趁着周會的時候，以即場抽簽的方式決定入選名單。

「一定要抽中我啊！」報了名的同學們坐在台下唸唸有詞，祈求麥老師能喊出自己的名字。

文樂心那班的同學很幸運，在五十個名額當中，居然有九位被抽中了，而這九名幸運兒分別就是文樂心、江小柔、吳慧珠、謝海詩、高立民、胡直、黃子祺、周志明和馮家偉。

　　「太棒了！」他們自然都雀躍萬分，在接下來的日子，他們聊天的話題便再也離不開沖繩，可見他們對這次旅遊是何等期待。

　　臨近暑假的一天早上，麥老師召集所有參加者來到禮堂，向大家宣布：「由於參加人數眾多，為了方便行動及確保大家的安全，我已把大家

分成十組，請你們各自為隊伍起一個名字，作為旅程中的代號。」

當吳慧珠得知自己跟謝海詩、高立民、胡直和周志明是同一組時，她滿心歡喜地挽着海詩的手道：「要獨個兒跑到外地，我心中本來是挺不踏實的，但如今有你們作伴，我便安心多了！」

高立民挺一挺胸膛說：「當然，我們這個組合，絕對是天下無敵！」

周志明搖頭歎息：「只可惜我們有豬豬這樣的隊友……」

他的話還未說完，吳慧珠已經兌

巴巴地瞪着他说：

「你這樣说是什麼意思？」

周志明馬上口風一轉：「我的意思就是，有你在，我們必定更無敵，呵呵呵！」

吳慧珠當然明白他的弦外之音，正要反唇相譏的時候，腦海忽然靈光一閃：「既然我們如此天下無敵，不如我們的隊名就叫『無敵隊』，好不好？」

高立民首先

拍手喊道：「嗯，這個名字很不錯，我喜歡！」

謝海詩和胡直也點頭同意，「很好，就叫『無敵隊』吧！」

黃子祺看着他們驕傲的模樣，心裏很不痛快，説：「哼，居然敢自認天下無敵，真是自大狂！」

他回頭跟同組的文樂心、江小柔和馮家偉説：「既然他們是『無敵隊』，那我們就叫『先鋒隊』，我們一定要跑在他們前面！」

文樂心、江小柔和馮家偉高舉

雙手，鬥志高昂地回應：「我們一定

全力以赴！」

　　然而，無論是無敵隊還是先鋒

隊，他們這種興奮的心情也維持不了

多久，因為麥老師接下來是這樣對他

們說：「學校舉辦這次活動，是希望訓練同學們的勇氣和毅力，並非一般觀光團，行李要越輕越好。除了旅行的必需品外，請不要帶其他物品。我的建議是只帶一個大背包及隨身的小袋子即可。」

先鋒隊

到外地旅遊，一般都要帶一個行李箱才足夠吧？文樂心詫異地說：「我們得在當地逗留六天，只帶一個背包怎麼行？單單是衣服也放不下啊！」

「除了衣服，我們還得帶許多日用品呢！」江小柔豎着手指數算起來。

「還有我的零食啊！」吳慧珠小聲地自言自語。

麥老師聽見她們的話，點頭回應道：「衣服是可以清洗的，所以你們只須帶備兩套作替換即可。至於其他必需品，我會詳列一張清單，大家可按照清單收拾。不過，行李務必定要

由你們親自整理，不得假手於人，這是你們這次旅程的第一個任務。」

「這個任務有點難啊！」習慣依賴母親的文樂心吐一吐舌頭。

「收拾行李是第一個任務，即是意味着還會有第二個、第三個任務了？」高立民猜測着麥老師說話中的意思。

江小柔有點擔憂地說：「第一個任務已經不簡單，我真不敢想像還有什麼任務在等着我們呢！」

馮家偉摸着後腦勺，怯怯地小聲說：「我可以退出嗎？」

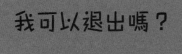

我可以退出嗎？

　　黃子祺狠狠地瞪他一眼説：「不行！你是我們先鋒隊的人，怎麼能隨便退出？」

　　胡直搓着拳頭，興奮地笑着説：「就是嘛，能參加這種刺激緊張的活動，絕對是千載難逢的機會，怎麼能錯過啊？」

周志明也嘻嘻一笑道：「沒錯，一定會很好玩！」

吳慧珠卻懊悔萬分地拍一拍額頭說：「原來這個不是觀光團，而是訓練團，這回我怎麼辦？」

謝海詩倒是處之泰然，還安慰珠珠：「你先別慌，他們只不過是胡亂猜測，不能當真啊！」

　　霎時間，不同的情緒就像一條條小毛蟲，不停在各人心頭打轉，直到真正出發的那一天。

第二章　如箭在弦

　　後天便是出發的日子了，文樂心遵照麥老師的行李清單，開始動手收拾行裝。

　　只是一眨眼的功夫，要帶的物品已堆積如山，她煩惱地托着頭說：「背包那麼小，如何放得下這麼多東西？」

　　旁邊的文媽媽

實在看不下去，從那堆物品中抽出一
張毛毯，說：「小被子就別帶了！」

　「不行！」文樂心着急地把它
奪回來，像對待嬰兒般温柔地緊抱入
懷：「我沒有它會失眠的！」

　文媽媽又翻出一盒紙牌，故意問：
「怎麼啦？難道紙牌可以當肥皂？」

　　文樂心心虛地一笑，說：「這是
魔術紙牌呢，坐長途車時便得靠它來
解悶啦！」

　　「別帶這麼多東西了，一路上
會很辛苦的！」文媽媽苦口婆心地勸

告，可惜忠言逆耳，文樂心哪裏聽得進去？最終還是把背包塞得鼓鼓的。

到了出發那天，當文樂心來到機場的集合地點時，江小柔、吳慧珠、謝海詩等同學早已齊集一起，各自低頭填寫着行李牌的資料，以便辦理登機手續。

文樂心見小柔的背包同樣脹鼓鼓的，好奇地問：「你帶了什麼東西呢？」

江小柔看了麥老師一眼，見他正忙着為同學們安排行李的事情，才低聲回答：「我帶了我最愛的白兔寶寶

和畫筆呢！」

文樂心笑嘻嘻地說：

「我也帶了小被子呢，我

們真有默契！」

吳慧珠輕拍背

包，得意地悄聲

說：「我有許多零

食，待會兒分一些

給你們啊！」

謝海詩也湊過來說：「我帶了書，可以在飛機上看！」

四個女生互相取笑：「原來我們都犯規了呢！」

「噢，你們犯什麼規了？」一把聲音在她們身後響起。

原來是黃子祺，她們吃了一驚，連忙把自己的背包往後一收。

謝海詩倒是挺鎮

定，若無其事地回他一句：「你錯了，我們是在找犯規的人呢！」

「找誰？」黃子祺呆一呆。

謝海詩一本正經地指着他說：「你！」

黃子祺見她一臉嚴肅的樣子，一下子心虛了，說話也有些結巴：「我……什麼時候犯規了？胡說八道！我得趕着寄存行李，才懶得跟你們胡言亂語！」

看着黃子祺匆匆逃開去，她

們都掩住嘴
巴「咔咔咔」
地偷笑起來。

　不一會兒，
所有師生都到齊了。

　麥老師搖晃着印
有校名的小旗，一臉認真地向同學們
說：「在未來的六日五夜中，你們將
要面對一連串的困難和挑戰，我們會
按各組的表現進行評分，選出表現最
優秀的隊伍。不過，由於同學眾多，
無論你們進行什麼任務，隊員們都必
須共同進退，不可擅自離隊。每隊會

有一位老師隨行，但他只負責大家的人身安全，並不會參與你們的任務。換言而之，你們遇上困難時，得自己想辦法啊！」

麥老師意味深長地看了大家一眼：「當然，隨隊

老師還負責為大家的表現評分，所以你們要好好加油，看看這個最優秀隊伍獎，最終會花落誰家！」

　　鄰班的張浩生驕傲地昂了昂頭說：「最優秀隊伍獎，當然是非我們獅子隊莫屬啦！」

　　身為先鋒隊的黃子祺笑了一聲，「看你這副自賣自誇的樣子，分明就是虛張聲勢嘛！」

　　高立民雙手交疊胸前，向黃子祺和張浩生淡淡地說：「你們不必爭了，我們是無敵隊，必定打遍天下無敵手！」

張浩生和黃子祺同時冷笑一聲，異口同聲地道：「你吹牛的本領倒真是天下無敵！」

女生們並未參與他們的爭論，因為她們早把注意力集中在即將要面對的挑戰上。

文樂心握起拳頭，既忐忑又期待地說：「老師到底會安排什麼任務給我們呢？好緊張啊！」

「真不明白男生們在爭什麼，我但求能平安過關，便心滿意足了！」吳慧珠唉聲歎氣地說。

謝海詩托了托眼鏡，自信滿滿地

道：「擔心什麼？你有我們一班隊友嘛，只要我們齊心協力，沒有解決不了的事情！」

　　一切都如箭在弦，即使珠珠再不願意，也只好鼓起勇氣接受挑戰，「我只好依靠你們了！」

第三章　都是背包惹的禍

　　沖繩距離香港不遠，不過短短兩個多小時，飛機便已經安全着陸。

　　文樂心從機艙內往外望，只見外面除了空曠的機場跑道以外，便是一片無邊無際的湛藍色，跟高廈林立的香港截然不同，令人精神為之一振。

　　「嘩！轉眼間便來到另一個世界，

感覺很夢幻啊！」文樂心興奮地説。

　　眼前天海一色的美景，江小柔不禁説：「如果可以讓我好好畫一幅素描就好了！」

　　不過，看來她是無法如願了。

她們剛來到機場的行李等候區，麥老師已趁着等候行李的空檔，向同學們宣布：「請大家立刻把手機交出來，在活動期間，不許使用手機。」

　　「怎麼連手機都不能用？那我們豈不是與世隔絕了嗎？」黃子祺叫苦連天。

　　周志明連聲附和：「就是嘛，萬一遇上危險，豈不是求救無門？」

　　謝海詩白他們一眼，說：「你們忘了還有隨行老師嗎？」

　　麥老師從腰包中，取出一大疊鈔票，接着說：「現在我向每組派發定

額旅費，你們可自行決定如何運用及管理。不過請注意，這些錢已經是你們整個行程的旅費，當中包括車費、膳食及購物等開支。無論在任何情況下，我都不會再補發，所以這些錢該怎麼花，你們得好好思考啊！」

從老師手上接過數萬日元的旅費後，高立民有點戰戰兢兢地問：「我們該如何處理這些錢？」

「先由我來保管吧!」謝海詩邊說邊將鈔票穩妥地放進袋裏。至於先鋒隊,則由以細心見稱的江小柔負責。

從未見過如此多鈔票的文樂心眨一眨眼,大驚小怪地說:「這麼一大筆錢,僅僅要我決定怎麼花,已經是個極大的考驗呢!」

然而,他們將要面對的考驗又何止於此?

待大家把旅費收好後,麥老師臉上泛起了一絲神秘的微笑道:「好啦,你們的第一個任務就是找出你

們今晚入住的民宿——『日本之南』的位置，並自行乘坐交通工具前往那裏。哪一隊首先抵達目的地，可得一分。」

第一次離開父母來到異地，吳慧珠原以為這已經是莫大的挑戰，沒想到還得自行尋找民宿，她手足無措地說：「我們人生路不熟，怎麼找？」

江小柔也不免有些忐忑地說：「我平日出入多半有媽媽陪在身旁，即使偶爾獨自出門，也不過就是到附近商場、公園等熟悉的地方，從來沒走過這麼遠的路呢！」

高立民、黃子祺、胡直等男生倒是表現得十分雀躍，黃子祺神氣十足地拍一拍胸膛說：「小柔，你有我們這些好隊友，怕什麼呢！」

　　「她不但有隊友，還有我！」一把熟悉的聲音傳來，「我是你們的隨隊老師！」

　　江小柔即時轉憂為喜：「啊！原來是徐老師，太好了！」

　　先鋒隊的其他成員文樂心、黃子祺和馮家偉也很驚喜，文樂心更得意地說：「有徐老師在身邊，我們還怕什麼？」

正當他們在笑着、鬧着的時候，其他各隊的成員已紛紛跑到機場的旅客諮詢中心，尋找沖繩地圖及民宿的資料。

「不好！」先鋒隊這才後知後覺地急轉身，向着旅客諮詢中心跑去。

然而就在這時，只聽得「啪」的一聲，好像有什麼東西掉在地上，大家低頭一看，只見地上有一把粉紅色碎花圖案的梳子。

「咦？誰掉了梳

子？」江小柔問。

文樂心覺得梳子很眼熟，把它拾起一看，不禁呆住了，說：「這梳子是我的，怎麼會掉在地上了？」

正在疑惑之際，黃子祺已指着她的背包喊：「小辮子，你的背包破了呢！」

文樂心一驚，連忙低頭一看，果然見到背包底部有一道裂縫，梳子想必就是從裂縫掉下來。

　　「哎呀，背包真的破了呢！怎麼辦？」文樂心有些不知所措。

　　「不如讓我試試！」馮家偉只看了背包一眼，便不慌不忙地從小袋子裏取出幾口別針，將它們逐一別在背包上，把裂縫接合起來，「行了，應該可以暫時應付過去。」

　　文樂心見他三兩下子便把背包修好，心中既驚訝又佩服地說：「嘩，馮家偉，原來你這麼厲害，謝謝你啊！」

馮家偉有些不好意思，漲紅了臉說：「不是啦，其實是因為我也曾經遇過類似的情況，我只是從媽媽身上偷師而已！」

「找到去民宿的方法了，機場門外的巴士站，有巴士可直達目的地呢！」前方的高立民興奮地大喊一聲，旋即提起背包，直往機場出口奔去。無敵隊隊員謝海詩、吳慧珠、胡直、周志明和隨隊的鍾老師，也立刻緊隨其後。

黃子祺看見這個情況後非常着急，忍不住不耐煩地向文樂心喊：「還

磨蹭什麼？其他人都跑光了，快跟上去呀！」

　　文樂心、江小柔和馮家偉這時才記起自己正處於爭分奪秒的比賽中，於是急忙提起行李，火速追上黃子祺。

　　隨隊的徐老師為表公正，一直沒有發表任何意見，只向他們一張張因緊張而微微泛紅的臉孔，送上一個鼓勵的微笑。

第四章 塞翁失馬

無敵隊的高立民說得對，在距離機場出口不遠處，果然設有前往沖繩各地的巴士站。

高立民捧着一張巴士路線指南，一邊研究，一邊以肯定的語氣說：「我們只要乘二十三號巴士，便可以直達民宿了！」

　　「真的？讓我看看！」當謝海詩正要上前看巴士指南時，一輛單層巴士在他們身旁停下來。

　　胡直驚喜地喊：「看，這不正是二十三號巴士嗎？」

「大家快上車啊！」高立民大喊一聲。

無敵隊的其他成員自然不敢怠慢，隨即跟着跳上車子。

車廂內其實已擠滿乘客，無敵隊好不容易才擠了上去，待後面的先鋒隊趕到時，巴士已客滿關門了。

「不是吧？」黃子祺等人無可奈何，只能眼巴巴地目送着車子離開。最令人氣憤的是，巴士上的高立民和謝海詩，居然還幸災樂禍地向他們笑着揮手。

本來已心有不甘的黃子祺更是氣

得踩腳，但又奈何不了他們，只好把
怒火發到文樂心身上：「都是你的背
包惹的禍，不然我們就不會錯過這班
車了！」

「對不起！」文樂心內疚地低頭。

「別怪心心吧，這是意外嘛！」
江小柔趕忙替她解圍。

馮家偉也幫忙勸道：「其實巴士

早已滿座，即使我們早到，也未必能擠得上去！」

聽到他們這麼說，黃子祺才稍微消氣，但仍忍不住指着巴士班次時間表，不滿地抱怨：「半個小時後才有下一班車，白白浪費許多時間呢！」

江小柔看了看手錶，忽然有了主意：「現在已是下午三時多，也不知

什麼時候才能吃晚餐，不如我們趁這個空檔先吃點東西，算是賺回一點時間，好嗎？」

黃子祺抿一抿嘴道：「也好，總

好過站在這兒乾等！」

　　先鋒隊一行四人——哦，不，連同隨行的徐老師應該是合共五人，一起向着旁邊的商場走去。

　　商場的面積很大，商店林立，除了有售賣各種紀念品及土產的店舖外，餐廳的

種類也不少，包括壽司店、拉麵館和飯糰專門店等等。

當大家經過一家拉麵館，文樂心從櫥窗望進去，見裏面環境寬敞整潔，便提議道：「這家看來不錯，而且剛好還有一張空桌子，不如就在這兒吃好嗎？」

大家都沒有異議地點點頭，正預

備要跨步進去，冷不防一個黑影擋在門前，令他們不得不停下步來。

就在這麼一瞬間，有好幾個身影從他們身邊閃過，那張僅餘的桌子

便被他們搶先佔了，而這幾個不速之客，居然正是張浩生、許立德、張佩兒等鄰班同學。

　　黃子祺頓時有點憤怒地說：「喂，你們怎麼能搶了我們的桌子？」

　　張浩生笑着搖搖頭說：「你們一直只站在櫥窗前，根本還沒進店內，又怎麼能算是搶呢？」

　　拉麵館裏雖然坐滿了客人，但所有人都是低聲細語的，在如此恬靜閒適的氣氛下，他們的爭吵聲顯得相當刺耳，食客們都愕然地望過來。

　　黃子祺發現自己惹起大眾的注

目，才意識到自己的行為是多麼失禮，霎時尷尬得臉紅耳赤，縱使心中仍然忿忿不平，也只好就此作罷。

他生氣地轉身離開，邊走邊抱怨：「怎麼連吃飯都這麼難？真倒霉！」

看着黃子祺氣得臉紅的樣子，文樂心等人連忙安慰道：「算了，這兒餐廳多的是，不愁找不到吃的啦！」

江小柔也說：「剛才我看過菜單，拉麵店其實也不便宜，不吃也罷！」

這時，馮家偉發現前方有一家售賣飯糰的專門店，門前正有好幾位客人在排隊，便伸手往前一指，說：「那家的飯糰看來不錯，不如我們去看看吧！」

專門店的飯糰是現買現做的，餡料採用大片的餐肉、雞蛋及青瓜，並以紫菜、米飯作外層包裹，看上去色

彩繽紛，大家
站在櫥窗前一
看，便被它的
賣相吸引住。

「嘩，這些飯糰不但分量
十足，而且售價還比拉麵便宜兩倍，
很經濟實惠啊！」江小柔興奮地說。

他們在店裏飽餐一頓後，才回到
巴士候車站。臨離開
前，文樂心還特意
多買了幾個飯糰，
可在路上充飢。

沒想到他們才

剛來到車站，還未站穩腳步，巴士就已經到站了。

這輛巴士不像前一輛那麼擠，有很多空位，文樂心高興極了，立刻找了個靠窗的座位，把沉甸甸的背包往地下一放：「我們不用像無敵隊那樣擠巴士，可以稍作休息，太棒了！」

江小柔笑着補上一句：「巴士來得正合時，一分一秒也沒浪費呢！」

　　馮家偉得意地托一托眼鏡，說：「看來，我們倒是『塞翁失馬，焉知非福』啊！」

　　黃子祺看了文樂心一眼，嘴角透着一絲笑意，剛才的種種不快，顯然已經一掃而空了。

第五章 迷途羔羊

　　高立民憑着個人的聰明機智，率先從地圖上找到民宿的位置及路線，搶佔先機地帶領着一眾無敵隊隊員，成功登上開往民宿的巴士。

　　剛登上巴士的一刹那，他們見到其他隊伍全落在後頭，都不免沾沾自喜，滿以為已經勝券在握。不過，他們這份喜悅，隨着擁擠的巴士一路顛簸，很快便被消磨了。

　　吳慧珠最先吃不消，說：「我們已經站了超過半小時，怎麼還沒到目

的地？我的肩膀快被背包壓扁了！」

高立民笑了一聲說：「看來你要
好好鍛煉身體了！」

「對啊！」胡直笑呵呵地接着
說，「多做運動身體好呢！」

他們嘴上說得輕鬆，一雙腿其實

已開始有點發麻，再過不了多久，便漸漸感到吃力，卻礙於面子，只好一聲不吭地撐下去。

好不容易等到巴士到站，吳慧珠毫不猶疑地第一個跳下車，把背包往地上一扔，振臂歡呼：「啊，終於可

以歇一會兒了！」

　　巴士停泊在一條很寬敞的馬路上，馬路兩旁全是只有數層高的樓房，無論站在哪個角落，只要一抬頭，便能看到一望無際的藍天白雲，相比起香港那片長年被大廈和灰塵所

　　覆蓋的天空，這兒彷彿就是世外桃源。

　　胡直仰頭讚歎：「這樣的好天氣，如果能打一場籃球比賽就好了！」

　　「烈日當空下打球會中暑的，應該去沙灘嬉水才對嘛！」周志明搖着頭說。

　　謝海詩可沒有這份閒心，只着急

地環顧了四周，茫然地說：「我們到底該往哪個方向走？」

　　高立民拿出地圖跟大家一起研究，得出了結論：「我們這間民宿距離這兒還有一段路，得沿着行人路走大概十五分鐘啊！」

吳慧珠的好心情瞬間消失，雙手按住頭上的牛角辮子，有點接近崩潰地喊：「救命呀！你要我背着這麼重的背包步行，絕對是等同謀殺啊！」

「你別『公主病』發作了，受苦的可不只有你一人！」高立民沒好氣

地說。

　　跟她感情不錯的周志明，同情地安慰道：「既然來了，就不能半途而廢！再堅持一下吧，很快便可以完成任務了！」

　　隨行的鍾老師也舉起臂膀，微笑着鼓勵道：「這只是個小考驗，我相信大家一定不會被難倒的，加油啊！」

　　在豔陽高照的天空下負重

而行，實在不是一
件輕鬆的事，大家走
不了幾步，便已大汗淋漓。

十多分鐘過去後，走在最前的高
立民和胡直忽然停了下來，指着前方
的分岔路，疑惑地問：「怎麼辦？我
們應該往左邊、右邊，還是一直向前

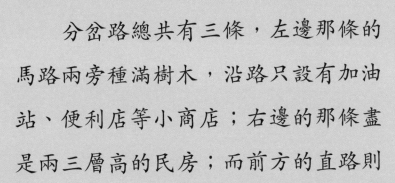

走呢？」

　　分岔路總共有三條，左邊那條的
馬路兩旁種滿樹木，沿路只設有加油
站、便利店等小商店；右邊的那條盡
是兩三層高的民房；而前方的直路則

比較繁雜，民居、商店、學校
等等都有。

隊友們都湊了過來，一同
幫忙研究高立民手中的地圖。

謝海詩抬手指向右邊的分
岔路，一臉肯定地說：「左邊那條路
以樹木居多，右邊前方則是民居，而
按照地圖上所標示，民宿是較接近民
居的，走右邊一定沒錯！」

大家見她說得如此實在，便採納
了她的意見，一同往右邊走去。

然而，他們越是往前走，便越
發覺得不對勁，馬路兩旁的民

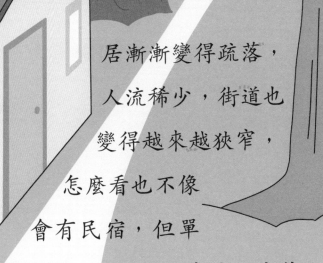

居漸漸變得疏落，人流稀少，街道也變得越來越狹窄，怎麼看也不像會有民宿，但單憑地圖上的指示，他們又無法理出什麼頭緒來。

「糟了，我們迷路了！」大家頓時方寸大亂。

隨行的鍾老師終於忍不住插嘴：「既然自己無法解決，為什麼不尋求外援啊？」

　　正好這時，有一位盤着髮髻、衣着入時的日本女士路過。

　　大家互望一眼，似乎都在等誰能過去問問看，但大家都顯得有些膽怯，沒有人敢貿然上前。

眼看那位女士快要走遠，高立民急了，只好紅着臉跑了上前，但礙於言語不通，向來口齒伶俐的他也無用武之地，只好利用手中的地圖，並輔以身體語言來溝通。

幸好這位女士很快便明白他的意思，還熱心地領着這羣迷途羔羊回到剛才的分岔路，示意他們應該往左邊的方向走，然後才匆匆忙忙地離開。他們都十分感激她的幫忙，趕忙向她鞠躬致謝。

當他們送走了那位女士，正要繼續向左邊邁進時，吳慧珠忽然一屁股坐到地上來，一邊拭着

汗水，一邊有氣無力地喊：「我不行啦！又熱又累，還餓着肚子，哪有力氣走下去？」

謝海詩連忙鼓勵道：「再堅持一會兒吧，我們快到了！」

周志明雖不至於像珠珠那樣弱不禁風，但也同樣疲累不堪：「本以為快到了，誰知又再折返回來，我都累得走不動了！」

高立民見大家都疲倦了，只好無奈地說：「既然如此，那我們便先稍作休息吧！」

大家聽了都很高興，趕緊把背包

卸下，各自找一個位置坐了下來，而珠珠更索性半倚着背包，整個人癱在地上。

過了一會兒，前方有幾個人向他們走來。

胡直抬頭一看，「咦」了一聲道：「這幾個身影很眼熟啊！」

謝海詩托了托眼鏡，半瞇着眼睛往前看：「噢！走在最前面的人，不正是心心和小柔嗎？」

「什麼？先鋒隊居然趕上來了？」高立民非常詫異。

第六章 在家千日好

走在前方的人果然就是先鋒隊的文樂心、江小柔、黃子祺、馮家偉和徐老師。

他們見到無敵隊坐在路邊，都不由得既驚喜又訝異。

吳慧珠遠遠見到文樂心和江小柔，立刻跑上前拉住她們的手，萬般委屈地嘟着嘴說：「心心、小柔，你們快救救我，嗚嗚嗚……」

文樂心吃了一驚，連忙關心地問：「發生什麼事了？」

坐在地上的謝海詩歎了口氣，沒精打采地說：「別提了，我們走錯路了呢！」

吳慧珠忍不住大吐苦水：「我們背着背包擠了半天巴士，然後又走了許多冤枉路，又餓又累，再也走不動了！」

文樂心拍一拍胸口說：「不用怕，我們可以幫你！」

江小柔靈機一觸，晃了晃一個手挽袋道：「我們這兒有些飯糰，你們先吃點東西再走吧！」

「嘩，太棒了！」早已飢腸轆轆的無敵隊即時一擁而上，迅速把小柔手上的飯糰全部瓜分，狼吞虎嚥地吃起來。

就在先鋒隊停下來的這段時間，其他隊伍也陸續經過這條路，但先鋒隊仍然不急着離開，直到無敵隊吃完飯糰，恢復了一些體力後，才陪着他

們繼續上路，並且協助他們一起扛背包，減輕他們的負擔。

　　走了不知多久，在夜幕漸漸低垂的時候，他們終於見到前方出現一座三層高的樓房，樓房上方懸着一塊大大的招牌，以日文寫着「日本之南」。

早已站在門外恭候多時的麥老師，馬上迎上前來，笑着拍掌安慰道：「同學們，辛苦了，快進來休息一下吧！」

民宿的裝潢，是以日式傳統居室設計為主，並配以各種日式盆栽及擺設作裝飾，雖然不及酒店的

金碧輝煌，但布置清幽雅致，再加上柔和的燈光，令他們一踏進去，便有一種舒適的感覺。

這時，其他隊伍早已齊集大堂，麥老師朗聲宣布：「今天的第一名是獅子隊，可得一分！」

高立民輕碰一下黃子祺的手肘，有些不好意思地說：「如果你們沒有停下來幫我們，這個第一名應該是屬於你們先鋒隊的！」

黃子祺自信滿滿地擺一擺手說：「不要緊，我們還有五天時間，必定可以把這個第一名奪回來！」

「好！有志氣！」胡直豎起大拇指讚道。

接下來，麥老師向大家分發房間鑰匙及民宿的卡片，並吩咐大家道：「請你們小心保管門匙和卡片，出入時務必隨身攜帶。每天起牀後，請大家自行整理牀鋪及清洗替換衣物，衣物洗乾淨後可掛在陽台晾乾。」

這一眾「公主」、「王子」，平日都有家人悉心照顧，何曾做過這些苦差呢？麥老師一走，大夥兒都不禁懊悔萬分：「唉，這回我們真是自討苦吃了！」

領到門匙後，文樂心向同房的江小柔、吳慧珠和謝海詩晃一晃鑰匙，得意地說：「好姐妹，我們上樓去了！」

　　吳慧珠正要跟着她們一起走，卻忽然停住腳步，有點不好意思地笑說：「我的肚子在『咕嚕咕嚕』抗議啊！」

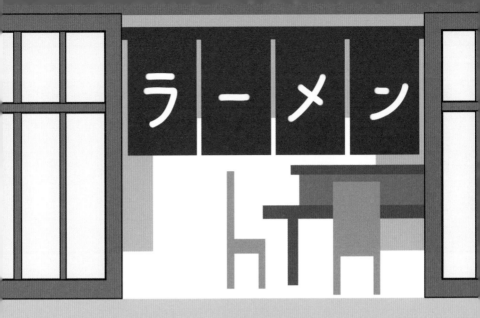

　　高立民這才想起自己只吃了一點
先鋒隊的飯糰，肚子也是空空的，於
是指着大堂旁邊一家拉麵館，豪氣地
說：「不如我們在這兒吃點東西吧！」

　　「這兒應該不便宜吧？」謝海詩
還在猶疑，吳慧珠、胡直和周志明卻
已經大步地走了進去。

　　吃完一大碗拉麵後，吳慧珠心滿
意足地回到二樓的房間，取出洗澡的
用品及替換衣物，向着走廊盡頭的浴
室走去。

當她來到浴室門外時，只見文樂心和江小柔已換上了休閒服，在浴室門外洗衣服。

她們一邊洗，一邊跟旁邊的張浩生和許立德嬉鬧着，雙方都不停把盆子裏的水往對方潑去，弄得一地的肥皂泡泡。

吳慧珠經過時一不留神，「哎喲」
一聲，整個人便往後倒，幸好文樂心
及時一手拉住了她，才不致於倒下去，
但捧在手上的衣物卻保不住了，全部
散落在濕漉漉的地上。

　　吳慧珠拿着濕淋淋的衣服，苦惱
地說：「我只有這套睡衣了，怎麼辦？」

我只有這套睡衣了，
怎麼辦？

95

文樂心和江小柔都感到十分抱歉。

小柔連忙牽着珠珠的手回到房間，把自己的一套衣服遞給她，「珠珠，對不起，請你先穿我的衣服吧！」

然而，當珠珠把衣服換上後，她們卻噗哧一聲笑了起來。

原來小柔的那件上衣太小了，套在胖胖的珠珠身上，不但像個包裹那樣被包得緊緊的，還露出了一小截肚皮來，樣子十分有趣。

珠珠低頭看了看自己，又看了看她們，也忍不住嘻嘻一笑，大家見她

沒生氣，也就肆無忌憚地捧腹大笑起來。

笑着笑着，珠珠的眼睛卻慢慢地紅起來，一顆顆晶瑩的淚珠滑了下來。

大家頓時嚇了一跳，江小柔更是慌了手腳，內疚地挽着她的手臂連聲道歉：「珠珠，對不起，我們不應該取笑你的，你別生氣！」

誰知珠珠嗚咽着搖搖頭說：
「不是啦，是你們對我太好，令我想起⋯⋯想起媽媽了！」

聽到珠珠這麼說，大家想起自己今天經歷了這麼多，再回想自己在家時的安逸，也不期然地想家了。

霎時間，房間的門被人推門，徐老師捧着她們被沒收了的手機走進來，吩咐道：「你們快打電話回家，向爸爸媽媽報個平安吧！」

徐老師來得真及時，大家立刻轉悲為喜，歡天喜地的各自打電話去了。

第七章 意外收穫

　　經過一整晚的休息，翌日早上起來，所有人都回復狀態，高立民、胡直、黃子祺等男生們更是生龍活虎，興致勃勃地迎接新的挑戰。

　　這天的挑戰比昨天好玩多了，就是要自行出發到沖繩著名的「琉球村」，參與當中任何一項民俗活動，拍下活動的照片，再把內容和感受寫下來，以寫得最精彩者為勝。

　　他們有了昨天尋找民宿的經驗，今天出發到琉球村這個著名的旅遊熱

點，便相對容易得多，在民宿大堂也能輕易找到有關琉球村的資料，而且它距離民宿不遠，大家很快便順利抵達目的地。

琉球村是一個以沖繩古代文化為主題的公園，村內的建築物大多保留了昔日古代琉球王國的風格，園內提供許多不同的文化表演，並設有工作坊，讓遊客體驗各種琉球文化。

當同學們來到公園門前，見到眼前古色古香的建築物及穿着民俗服裝的表演者，都忍不住連聲驚歎：「嘩，我好像一下子穿越到古代的琉

球王國呢！」

　走不了幾步，他們來到一個租借琉球民俗服飾的攤子，有兩位穿着民俗服裝的少女，正站在攤子前拍照。

　鄰班的張佩兒見她們的扮相既華

麗又繽紛，羨慕不已，立即向同屬獅
子隊的張浩生、許立德等隊友提出：
「這些民俗服裝很漂亮呢，不如我們
就以此作為報告的題材吧！」

　　張佩兒在班中人緣極佳，隊友們

都對她言聽計從，二話不說便走進了攤子。

文樂心同樣被華麗的衣服吸引住：「我們也穿來看看好嗎？」

黃子祺立刻搖搖頭說：「扮相太老土了，我才不要穿呢！」

「可是，我真的很想穿啊！」文樂心嘟起嘴巴。

黃子祺一點也不肯妥協：「你想穿就自己穿去，我恕不奉陪！」

　　江小柔連忙提醒他們：「你們別這樣，我們是隊友，要共同進退啊！」

　　這時，馮家偉不經意地一轉身，看見身後有一間教授手工藝的工作室，裏面放着許多色彩斑斕的石獅子和萬花筒。他指着這些手工藝品說：「石獅子彩繪和萬花筒製作，應該不難做吧？」

　　江小柔看到這些顏色奪目的手工藝品，立即眼前一亮，說：「嘩，很漂亮啊，不如我們做手工吧！」

文樂心上前細閱石獅子旁邊的簡介，驚訝地喊：「咦，原來這些石獅子是沖繩人放在門前或屋頂上的守護神，這有點像中國傳統上的門神啊！」

黃子祺一聽，感興趣地連連點頭道：「嗯，帶一個守護神回家也不錯啊！」

四位先鋒隊隊員終於取得共識，於是一起走進工作坊，開始製作手工藝品。

至於無敵隊，吳慧珠看着那些民俗服裝也有些心動，可惜她還來不及

發聲，便已經被周志明先發制人：「穿民俗服裝都是女生的玩意，我才不要去，我比較喜歡做手工。」周志明說。

負責掌管財務的謝海詩說：「無論拍照還是做手工都要自費，可是我們昨夜吃拉麵時花了不少錢，手頭的錢不太多，不能再多花費了！」

「那麼我們可以怎麼辦啊？」吳慧珠失望地攤一攤手。

就在這時，一陣音樂聲從遠處傳來，鍾老師往某個方向一指，「嘩，那邊好像很熱鬧的樣子啊！」

他們循着聲音，來到園裏一個很

空曠的地方，一些穿着傳統服裝的表
演者，正在向觀眾展示各種沖繩的傳
統舞蹈。

「原來這兒有巡遊表演呢！」大

家喜出望外，紛紛找一個有利位置坐下來。

這些表演都很特別，有戴着蓮花形狀帽子、手持琉球樂器的歌舞，有

提着鋤頭的農夫們跳的農耕舞及舞獅表演等等。

　　臨近完場時，表演者還邀請旁邊的觀眾加入一起跳舞，高立民等人自

然不會錯過，馬上走到表
演場中，跟着表演者的舞
姿舞動起來。

正當大家跳得興高采烈的時候，
有兩位三、四歲的小男孩在互相追

逐。由於他們的身形太矮小，場內人又太多，根本沒有人注意到他倆。

　　眼看二人快要跟人羣撞個正着時，最接近他們的謝海詩臨危不亂，及時伸手把其中一位拉住，但可惜另一位由於距離較遠，始終免不了被人羣撞倒在地上。

　　幸好舞蹈的動作不帶勁，衝力不算大，男孩只是輕微擦傷了膝蓋。然而，孩子受了驚嚇，忍不住邊哭邊用廣東話說：「媽媽，你在哪兒？」

　　「原來他是香港人呢！」謝海詩頓時感到很親切，連忙跑上前安慰，

「你別急，我們先替你處理傷口，待會兒再幫你找媽媽！」

　　無敵隊的其他隊員也連忙從背包中取出消毒藥水和藥棉，想要為男孩包紮，卻又不知從何入手。

　　鍾老師見他們手忙腳亂的樣子，忍不住出手，「還是讓我來吧！」

不一會兒，兩位男孩的母親趕上來了，得知他們幫了自己的孩子，十分感激，吩咐兒子把一個禮物袋送給他們作謝禮。

那兩位小男孩也十分懂事，立刻大方地把母親手中的禮物袋送給他們，說：「哥哥姐姐，請你們吃！」

「嘩，一定很美味呢，謝謝你們！」大家高高興興地把禮物袋接過來。

當大家忙於跟兩位男孩揮手道別時，吳慧珠已迫不及待地把禮物袋拆開，取出其中一包，想要吃起來。

大家回頭一看，馬上大聲地喊：
「豬豬，你在幹什麼？」

吳慧珠舔一舔嘴巴，笑着道：「我是在替大家試味嘛！」

我是在替大家試味嘛！

這事件理所當然地成為了他們報告的題材，而結果，他們的報告竟然拿到了最高分，真的是意外收穫呢！

第八章 神秘任務

　　翌日大家剛起牀，麥老師已經在大堂等着，神采奕奕地向大家宣布：「各位同學，今天你們總共有三個任務。第一，你們要回房間收拾行李，然後出發去尋找今晚的露營地點；第二是搭建帳篷；第三就是負責做晚餐。」

「太好了，燒菜做飯我最拿手呢！」吳慧珠首次露出自信的笑容。

張浩生也神氣地抬起下巴說：「我是童軍，搭建帳篷可難不倒我啊！」

文樂心卻不禁有些忐忑：「一天連發三個任務，實在太難了吧？」

「對你來說，哪有不艱難的任務呢？」高立民彎起嘴角笑道。

換作是平日，黃子祺必定會跟着他一唱一和，但如今他身為文樂心的隊友，當然看不得她吃虧，立刻上前替她說話：「你們無敵隊不過就是領

先一分罷了，別高興得太早，我們先鋒隊一定可以追回來的！」

　　當麥老師宣布比賽正式開始後，先鋒隊和無敵隊都不敢怠慢，立刻取出地圖，按照麥老師的提示，尋找營地的位置。

　　同學們累積了前兩次尋尋覓覓的經驗後，對於巴士路線有了一定的掌握，連一直缺乏信心的吳慧珠也積極參與，大家很快便找到合適的路線。

　　先鋒隊上了巴士後，馬上圍在一起，小聲地商量對策。

　　黃子祺從背包裏取出一本筆記

簿，低聲地提醒隊友：「晚上我們要負責做飯，到營地之前得先購買食材，所以我們要先定下菜單，才能以最快的速度趕到營地。」

「可是，我們可以做什麼菜？」
文樂心迷惘地問。

　　「我也不懂啊！」江小柔有點不
好意思地輕撓着頭髮，回頭輕拍坐在
後面的吳慧珠，「珠珠，晚餐可以做
什麼菜啊？」

　　吳慧珠正想張口說話，旁邊的
謝海詩馬上阻止她道：「珠珠，他們

現在是我們的對手，你不能說！」

吳慧珠只好無奈地攤了攤手說：「小柔，真對不起！」

黃子祺不禁生氣，輕哼了一聲說：「不說就不說，有什麼了不起？」

一時間，比賽變得激烈起來，大家都刻意壓低聲量，不讓對手們得知自己的對策。待巴士一到站，各隊伍都爭相跳下車，以最快的速度往附近的超級市場跑去。

先鋒隊不懂做飯，故此只胡亂購買了一些蔬菜、香腸、雞蛋和罐頭食品，便匆匆跑到營地，成為第一支抵達的隊伍。

營地位於山丘上一片面積廣闊的青草地，四周長滿各種樹木和花草，在豔陽映照下，眼前盡是一片翠綠，散發着朝氣。

首先來到營地的先鋒隊，當然要乘勝追擊，立刻馬不停蹄地跑到營地的辦事處領取帳篷，開始動手搭建帳篷。

可惜，無論是文樂心、江小柔、

黃子祺還是馮家偉，都沒有搭建帳篷的經驗，他們連握着用來支撐帳篷的營柱，也顯得有點笨手笨腳。

他們合四人之力，弄了半天才總

算把帳篷展開，接下來只需再把四邊的營柱固定在地上，便大功告成。

就在這時，一隻小蜘蛛大模大樣地從文樂心跟前經過。

文樂心嚇得驚叫一聲，握着營柱的手一鬆，整個帳篷便塌了下來，把

他們四人都埋在帳篷裏，只聽到黃子
祺在帳篷裏怒吼：「小辮子，關鍵時
刻你叫什麼啊！」

　　比他們晚來一步的獅子隊見他們
如此狼狽，忍不住哈哈大笑，張浩生

高傲地說：「搭帳篷這回事，是講求技術的！」

　　張浩生可不是吹牛，他人長得高大，再加上有經驗，其他隊員在他帶領之下，很快便把帳篷搭建得穩穩當當，其他隊伍都只好自歎不如。

　　不過，若論廚藝，試問誰又能比得上吳慧珠和周志明兩位小廚神呢？

做晚餐這個任務，無敵隊自然是手到拿來了。

經過大半天刺激緊張的比賽後，大家終於可以圍坐在草地上，一邊吃着自己親手做的飯菜，一邊悠閒地看着廣闊無邊的天空，從橘紅色的夕

陽，漸漸換上一彎溫柔的弦月。

晚膳完畢後，麥老師忽然吩咐
道：「請大家穿上長袖外衣，帶着電
筒跟我走。」

老師們領着同學離開平坦廣闊的

營地，向着山丘的另一端走去。

太陽已經下山，他們步出營地範圍後，四周霎時變得漆黑，得靠手電筒照明。他們小心翼翼地跟隨着老師，慢慢地走進了一個樹叢密布的森

林裏。

「夜探森林，真是驚險刺激呢！」
黃子祺呵呵一笑。

「哎喲，這兒會不會有什麼鬼怪
呢？」周志明故意説得古古怪怪，想
要嚇女生們。

江小柔心裏頓時撲通一跳，憂心

忡忡地说：「麥老師要我們去哪兒？該不會又有什麼神秘任務吧？」

「不會吧？我最怕黑的了！」吳慧珠怯怯地说。

謝海詩連忙安慰她：「別聽他們胡说八道，哪有什麼妖魔鬼怪的！」

忽然，一絲光芒從她們眼前快速

掠過。

　　吳慧珠、文樂心和江小柔嚇得驚叫一聲，正要不顧一切地往回跑，前方卻傳來陣陣讚歎之聲。

走在後面的她們耐不住好奇心，越過人羣往前看，只見樹林中有一條小溪，一大羣閃閃發光的小東西，在小溪的上空盤旋飛舞。

「哎呀，原來是螢火蟲呢！」她們驚喜萬分。

「噓，小聲一點！」麥老師壓低聲量吩咐，「螢火蟲是見不得光的，請你們手拖手地站好，然後關掉手

電筒，以免驚擾牠們。」

　　燈光一滅，這些小光點頓時顯得
更光芒四射。

　　看着無數的小光點在黑漆漆的天

地間往來穿梭，感覺真是奇妙極了，
大家的心境一下子平靜下來，靜心地
享受着這份大自然獨有的閒適和恬
靜。

沖繩美ら海水族館
OKINAWA CHURAUMI AQUARIUM

第九章　動物全接觸

　　第二天早上，麥老師微笑着向
大家說：「經歷了前幾天的困難和挑
戰，大家都辛苦了。為了獎勵大家，

你們今天的任務不需要分出高下，只
是輕鬆地參觀沖繩著名的『美麗海水
族館』。」

　　大家緊張的心情立刻放鬆下來，
手舞足蹈地高呼：「麥老師萬歲！」

麥老師也高興地向大家揮手致意：「同學們，好好享受這一天啊！」

同學們的情緒十分高漲，連帶動作也利落多了，三兩下子就把帳篷及行李都收拾妥當，歡天喜地出發去。

高立民上前搭着黃子祺的肩膀，笑盈盈地說：「兄弟，既然今天不用比試，不如我們就結伴同行吧，大夥兒一起玩才熱鬧啊！」

「當然好！」黃子祺也正有此意，而最開心的，莫過於文樂心等女生了。吳慧珠熱情地挽着江小柔的手臂說：「太好了，我想跟你們一起玩

很久了！」

　　當大家浩浩蕩蕩地來到水族館，一跨進門口沒多久，便看見有一個淺水的礁池，裏面養着海星、海參等海洋生物。

　　吳慧珠指着水中一隻長條狀的生物，皺着眉頭說：「這東西黑乎乎的，很醜啊！」

「這是海參呢，我曾經見過媽媽用來做菜！」江小柔解釋道。

文樂心俯身盯着牠們好一會兒，疑惑地問：「牠們一動不動的，是真的還是假的？」

「摸摸看不就知道了？」黃子祺說罷，隨手抓起一隻海參看了看，接着又拿起一隻手掌大的海星研究起來。

「你怎麼能隨便亂碰？」文樂心斥責他。

「小辮子，你真無知，」高立民指着旁邊一個印有可用手觸碰的標誌，「這兒是觸摸池呢！」

文樂心這才恍然大悟，但又不願認輸，只好嘴硬地說：「即使如此，也應該適可而止嘛，換作你是牠，你願意被人這樣抓來抓去嗎？」

　　他們就這樣邊走邊鬧，不知不覺在裏面走了一圈。好動的胡直提議：「這兒大大小小的魚兒，我們幾乎都已經看過了，不如到外面走走吧！」

　　「好主意啊！」大家都點頭贊同。

　　水族館是沿海而建的，當他們一踏出水族館，便能近距離看到藍天碧海，四周又種滿七彩繽紛的花草，令人心曠神怡。

剛踏出水族館，眼尖的高立民往前方一指，驚喜地喊：「你們看，那邊有一個很大的遊樂場呢！」

　　「嘩，這兒的繩網面積居然大過一個操場，在上面玩『兵捉賊』遊戲一定很刺激啊！」胡直說得眉飛色舞。

文樂心、江小柔等女生也十分雀躍：「是啊，一定很好玩呢！」

　　他們快步地跑進遊樂場，把背包往旁邊一放，便不管不顧地攀上繩網，從一個繩網跳到另一個，像猴子似的來回追逐。

在猛烈的陽光下跑來跑去，他們很快便汗流浹背。

吳慧珠一張臉紅通通的，喘着氣說：「不行啦，我得吃個冰淇淋散散熱啊！」

其他人聽見自然一呼百應，一起跑到附近的小賣店，各自挑選自己喜歡的飲品和零食，而文樂心則選了她最愛吃的草莓冰淇淋，大家都吃得津津有味。

吃完冰淇淋後，文樂心等人又再回到遊樂場，繼續玩個不亦樂乎，直至到了老師規定的集合時間，才帶着

依依不捨的心情回到民宿。

當他們拖着疲倦的身軀回到自己的房間時，文樂心猛然大喊一聲：「糟糕，我的錢包不見了！」

糟糕，我的錢包不見了！

江小柔、吳慧珠和謝海詩都大吃一驚：「怎麼會這樣？」

第十章 美好的緣分

文樂心不知什麼時候弄丟了錢包，遍尋不獲，在無計可施之下，只好向隨隊的徐老師求助。

徐老師得知此事後，思索了一會兒，說：「現在時候不早了，不如今天晚上你再多找一遍，看會不會只是一時放錯地方。如果真的找不到，那麼明天早上我帶

你到警察局報失。」

文樂心聽到「警察」二字，頓時心裏一怯，問徐老師：「要報警這麼嚴重嗎？」

「錢包裏有沒有重要的東西？」徐老師問。

「那倒沒有，只放了少量金錢。不過，錢包是去年爸爸送給我的生日禮物，我很喜歡它啊！」

「就是啊！如果你想把它找回來，我們便必須報警。」徐老師笑着安慰她，「放心吧，報失不是什麼大事。」

接着，徐老師回頭跟先鋒隊隊員

說：「雖然我們規定隊員們必須行動一致，但由於情況特殊，你們可以自行選擇跟其他同學一起到沙灘進行排球比賽，或是跟我們去警察局。」

跟文樂心最要好的江小柔毫不猶疑地舉手說：「徐老師，我願意陪心心一起去。」

「我也願意！」馮家偉托了托眼鏡說。

黃子祺聳了聳肩，嬉皮笑臉地說：「好呀，反正我也很想見識一下，日本的警察局到底是什麼樣子的！」

知道同學們都陪伴在側，文樂心

才比較心安。然而，到了第二天，當她真正來到警察局門外時，便不禁感到害怕，一雙腿也變得瘦軟乏力。

江小柔輕握着她的手，柔聲地安慰：「不用怕，沒事的。」

文樂心也是這樣對自己説的。可是，這是她平生第一次進警察局，而且還是日本的警察局，教她如何能不緊張呢？但她明白，該面對的始終還是要面對，她只好深吸一口氣，鎮定地推門而入。

門一開，只見一位穿着制服的警察哥哥正端坐在接待處，低着頭專心

工作，聽到他們推門進來的聲音，禮貌地抬頭問：「請問你們有什麼事要幫忙嗎？」

徐老師貫徹她作為隨隊老師的角色，故意默不作聲地當一個旁觀者，靜待文樂心自行處理。文樂心見徐老師不說話，只好硬着頭皮，走到接待處前的椅子坐下來。

當她終於鼓足了勇氣，抬起頭正要說什麼之際，忽然看見警察哥哥身後的公告欄上貼着一張通緝名單，名單上的人像，每一個都兇神惡煞的，令人不寒而慄。

　　文樂心害怕得連頭也不敢抬起，
只低着頭以英語跟警察哥哥說：「我
不小心弄丟了錢包，所以想來報案。」

　　幸好這位警察哥哥十分親切，一

邊耐心地聆聽她說話，一邊把她的話筆錄下來。

　　待她終於把事情的始末交代清楚後，警察哥哥向她抱歉地說：「不好意思，我們暫時未收到拾獲錢包的報告，但我已把事情記錄在案，如果有新消息，我們會儘快通知你的。」

　　文樂心垂頭喪氣地離開警察局，說：「連警察都沒有消息，看來是沒希望了。」

　　江小柔安慰她道：「放心吧，日本的治安向來良好，說不定有人會把它交到警察局呢！」

雖然是這麼說，但此行一無所獲，大家都不免有點失望，只好帶着無奈的心情回到民宿。

　　然而，當他們一踏進民宿大堂，便有一位高大的日本青年向他們走過來，用英語詢問：「請問你們是否有人丟了錢包？」

　　「是啊，就是我！」文樂心急忙回應道。

　　這位青年從衣袋中掏出一個粉紅色錢包，遞到她面前問：「是這個嗎？」

　　文樂心一看到錢包，頓時喜上眉梢，連聲答道：「是啊，是我的！」

江小柔忍不住好奇地問：「大哥哥，你是怎麼找到這兒來的？」

大哥哥徐徐地打開錢包，從中取出一張民宿的卡片，得意地笑說：「我就是憑這個知道的啊！」

「大哥哥，你真厲害！」大家都滿臉佩服地誇讚，弄得大哥哥有點不好意思地漲紅了臉。

錢包失而復得，同學們都十分感激這位大哥哥，除了真誠地向他鞠躬致謝外，大家

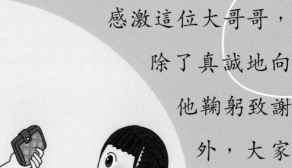

還把從琉球村意外得來的零食，轉贈給大哥哥作為謝禮。

文樂心靈機一觸，取出照相機說：「不如我們合照留念好嗎？」

一張合照，拍下了六張燦爛的笑臉，同時記錄了一段美好的緣分。

第十一章 最後一夜

　　這天晚上，麥老師把所有同學
召集到民宿的大堂，然後向同學們

說：「一連六天的旅程，來到這一刻，我正式宣布，你們已經順利完成了整個旅程的所有任務。首先，我要嘉許你們每一個人，無論遇上什麼困難，你們都願意面對它、克服它，你們都很勇敢，我要為你們鼓掌！」

霎時間，大堂內發出一陣轟然的掌聲，所有老師和同學都高興地拍掌。

緊接着，麥老師向大家宣布：「在這幾天的任務中，隨隊老師們已經把大家的表現一一評分，經過我們統計後，結果得分最高的隊伍是——獅子隊！」

獅子隊的張浩生和許立德立刻高興得有些忘形，一邊興奮地拍着手，一邊還不忘向旁邊的無敵隊和先鋒隊驕傲地彎一彎嘴角，好像是在説：「看吧，我們才是最優秀的呢！」

看着他們這副趾高氣揚的樣子，高立民、謝海詩、黃子祺等人都恨得牙癢癢的，只可惜自己的確是技不如人，也只能無奈歎息。

就在這時，麥老師忽然話鋒一轉：「不過，在第一天的行程中，先鋒隊為了協助無敵隊，不惜放棄獲獎的機會，這種捨己為人的好行為，十

分值得嘉許，故此老師們一致決定多加一分。另外，無敵隊在琉球村時，曾幫助一位受傷的小朋友，也可多得一分。」

先鋒隊和無敵隊即時喜出望外，齊聲振臂歡呼起來。

「我的話還沒完呢！」麥老師故意賣關子地一笑，「警察局的大門，即使是我們大人也不樂意跨進，而先鋒隊為了鼓勵文樂心，情願放棄精彩的行程，都勇敢地跟文樂心一同面對，老師們都很佩服他們，所以先鋒隊可以再加一分。」

麥老師停頓了一下，説：「這樣，先鋒隊便後來居上，成為我們真正的最優秀隊伍！」

獅子隊的張浩生和許立德頓時晴天霹靂，不服氣地抗議道：「這不公平啊！怎麼能這樣？」然而，沒有人理會他們。

因為這時，整個大堂都充斥着轟然的掌聲和歡呼聲，所有隊伍都忙着向先鋒隊祝賀，張浩生和許立德的抗議聲，早被大家的歡呼聲所淹沒。

先鋒隊的文樂心、江小柔、黃子祺和馮家偉更是欣喜若狂，四個人互

相擊掌道賀。

　　高立民雖然失落獎項，但也衷心

地為他們感到高興：「我有大富翁紙牌呢，不如你們來我們房間一起玩，算是慶祝吧！」

「好啊！」對於這個提議，當然不會有人反對。

於是，他們兩隊人便擠在一個房間裏，一邊玩，一邊聊天，直至老師向他們下「關燈令」，大夥兒才意猶未盡地各自回房休息。

回到房間後，文樂心忽然有些傷感地說：「明天就得離開這兒了，時間過得真快呢！」

吳慧珠也感慨地說：「剛開始的

時候，每個任務都超出了我的想像，我覺得很痛苦，恨不得可以馬上回家去。然而，當我硬着頭皮去面對那些困難時，才發現事情其實沒有我想像中那麼難，困難也就慢慢克服過去了。現在要離開，我反倒有點捨不得呢！」

江小柔也感觸地説：「在我看來，這幾天最辛勞的不是我們，而是跟着我們東奔西跑的老師們呢！」

謝海詩靈機一觸，説：「不如我們給他們一點驚喜，好嗎？」

「好提議！」文樂心眼睛一閃。

吳慧珠疑惑地問：「可是，明天一早就得上飛機了，時間緊迫，我們能送什麼？」

　　「就送一張感謝卡吧，這是我最拿手的！」小柔自信地一笑，也不再遲疑，馬上從自己的背包中取出帶來的畫筆和畫紙，跟她們合力製作。

　　可是，過了不久，徐老師便在門外叩門：「睡覺時間到了，請立刻關燈。」

　　「沒有燈光，我們怎麼畫啊？」吳慧珠焦急地問。

　　「這個簡單，」謝海詩關掉了電

燈，再躍上牀，從背包摸出一支手電筒，然後亮起來，「我們每個人都拿着手電筒，不就可以了嗎？」

　　「我們海詩就是厲害！」吳慧珠忍不住讚道。

　　「那當然！」謝海詩得意地笑。

第十二章 勇敢的孩子

第二天早上，當他們乘車抵達那霸機場，預備辦理登機手續時，文樂心和江小柔拿着昨夜趕工製作的感謝卡，誠心誠意地捧到麥老師面前。

感謝卡上畫着的，是在琉球村裏見過的沖繩石獅子。

江小柔一臉恭敬地說：「在這六天的旅程中，老師們都像沖繩的石獅子那樣守護着我們，我們謹代表全體同學，送上感謝卡一張，以表謝意。」

麥老師和其他老師都

十分驚喜，麥老師欣慰
地點頭道謝，語重心長地說：
「透過這次的旅程，希望大家都能有
所啟發，成長為一個更勇敢、更堅毅
不屈的孩子！」

就這樣，一段刺激緊張的旅程終

於要結束了。當飛機安全着陸於香港國際機場的那一刻，文樂心有一種如釋重負的感覺。

機場接機大堂，站着許多來接機的人羣。

然而，儘管再多的人羣，當孩子們背着行李，魚貫地出來時，他們都

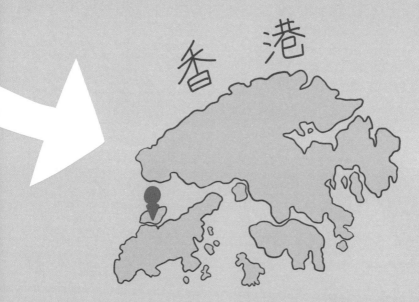

能一眼便找到那張自己早已思念多時
的臉孔。

　　霎時間，孩子們都四散了，各自
跑進父母的懷抱裏去。

文樂心一看見來接機的爸爸媽媽，立即以九秒九的速度衝上前擁着他們，語帶激動地說：「爸爸媽媽，我很想念你們呢！」

文媽媽輕撫着文樂心的臉頰，憐愛地說：「怎麼好像就瘦了一圈似的？你沒有好好吃飯嗎？」

「不是呀，我每天都吃得飽飽的呢！」文樂心笑着拍了拍肚皮。

「你們母女真是『一日不見，如隔三秋』！」文爸爸取笑道，「好啦，孩子累了，先回去再說吧！」

當天晚上，文樂心跟家人吃晚飯，相聚天倫。她一邊吃，一邊滔滔不絕地說着旅程中的各種趣事，把大家逗得很開心，一家人樂也融融。

可以再次嘗到媽媽做的飯菜，文

樂心倍感滋味，不知不覺把肚子饒得幾乎走不動。

　　熱鬧過後，文樂心坐在書桌前，定下心來，開始動筆寫遊記。

　　當她回想起自己從旅程剛開始時的戰戰兢兢，到後來自己走進警察局報失的勇敢，她覺得這個轉變簡直太不可思議。

經此一役後，她才發現原來很多事情，其實並沒有她想像的那麼難，只要有足夠的勇氣和毅力，哪怕遇上再困難的事情，也必定能迎刃而解。

一個晴朗的下午，先鋒隊和無敵隊成員在文樂心家中再次相聚。

當大家圍坐在客廳聊着遊學的趣事時，黃子祺忽然把他的平板電腦往面前的茶几上一放，得意地道：「我把大家遊學時所拍的照片結集起來，製作了一個簡報，你們有興趣看看嗎？」

「當然有！」大家興奮極了，紛

紛擠到沙發上。

當大家看到第一張照片，已經忍不住哈哈大笑。

原來這張照片上，是吳慧珠在巴

士上仰着頭、張口大睡的樣子。

　　吳慧珠往她的隊友臉上來回掃視，生氣地質問：「是誰拍的？快出來自首！」

　　「不是我！」謝海詩立刻表明立場。

　　高立民不屑地說：「這麼無聊的事，我才不幹！」

　　「我沒帶相機啊！」胡直一臉無辜地攤了攤手。

　　如此一來，「犯人」的名字即時呼之欲出。

　　吳慧珠狠狠地瞪着周志明，說：「是你幹的好事吧？」

周志明自知理虧，卻擺出一副理直氣壯的樣子說：「這照片記錄了我們共同經歷的艱苦時光，我花了不少心思才拍到這一張，很珍貴呢！」

　　聽到他這句似是而非的話，吳慧珠忙於思考他的意思，腦筋一時轉不過來，也就忘了生氣。

　　雖然周志明這番話只是隨口一說，但謝海詩倒是挺贊同的：「沒錯，這些照片見證着我們的成長和進步，很有鼓舞作用，我們得好好保存它們。」

　　她剛說完這句話，屏幕上正好出

現一張謝海詩把冰淇淋沾到鼻頭上的照片，惹得大家哄然大笑。

　　「誰拍的？快刪掉！」謝海詩從沙發上跳起來，想要衝前把平板電腦取走。

幸好黃子祺反應敏捷，迅速把平板電腦取走，勉強忍住笑道：「你不是說這些照片很珍貴嗎？可不能隨便刪掉啊！」

「我不管，你快給我刪掉！」謝

海詩生氣地追上前。

　　黃子祺對海詩做了個鬼臉，然後敏捷地一個轉身躲進洗手間，並大聲呼救：「海獅想要毀掉我們的集體回憶呢，大家快來幫忙呀！」

我的感想……

吳慧珠

　　我現在才知道，原來沖繩是一個天然的火爐，無論你走到哪個角落，火紅的太陽都必定如影隨形。最讓我受不了的，就是我們還得背着沉重的背包，為了尋找民宿而到處亂闖。

長時間在猛烈的陽光下曝曬，我幾乎累得要暈過去。

　　幸好，我有一班既善良又熱心的好同學，不但為我們送上

美味的飯糰，還陪在我們身邊為我們打氣，令原本已舉白旗投降的我也重燃鬥志，決心咬緊牙關堅持下去，而結果，我真的完成任務了！

經過這次的地獄式訓練，相信我以後都不會再被太陽伯伯嚇倒了，但有一點倒是要特別注意的，就是出門前一定要多帶點零食，不然會餓壞肚子啊！

悄悄告訴大家一個小秘密：我遊學回來後，發現自己的體重減了整整三公斤呢，這絕對是我此行的最大收穫啊，嘿嘿！

我的感想……

文樂心

　　這次旅行真倒霉，先是背包無端破了個洞，然後又丟了錢包，還得進警察局報失，真是禍不單行。

　　可是，我的隊友不但沒有同情我，還責怪我玩得太忘形，沒有好好看管自己的財物。

　　然而事實上，我是無辜的！

　　參觀水族館那天，我記得自己和大夥兒一起買冰淇淋後，已經把錢包放回背包，我實在想不通錢包是如

何弄丟的，直至我在房間裏反覆地翻看背包，才終於找到罪魁禍首！

你能猜到是誰嗎？原來又是那個背包惹的禍！

當初發現背包破了時，馮家偉用幾枚別針替我把裂縫修好，但原來其中一枚別針不知何時鬆脫了，背包再度裂開，錢包想必就是從缺口掉下來的。

雖然如此，但我的行程也因而多了「警察局」這樣一個「景點」，得到其他同學都不可能有的體驗，令我變得更勇敢，算起來倒是因禍得福呢！

我的感想……

黃子祺

　　太驚喜了！我原以為我們先鋒隊沒有參加沙灘排球比賽，便會失去爭奪最優秀隊伍獎的資格，誰知獎項居然自己找上門來了，這是多麼峯迴路轉的事情啊！

　　不過，真正令我感動的是無敵隊，當他們得知我們獲獎時，立刻拍掌歡呼起來，表現得比我們還要興奮。高立民更拉着我們一起玩大富翁，大家臉上的笑容，都

比獲獎時更燦爛、更開懷。我霎時感動不已，
不假思索便把偷偷帶來的心肝寶貝——陀螺，
拿出來跟大家一起分享。

　　文樂心和謝海詩一看見陀螺，立刻笑着
怪叫：「哦，你果然帶了違規物品！」

　　不過，這次我可不怕她們了，我歪着頭，
指着她們正吃得津津有味的零食，聳了聳肩笑
道：「大家都是半斤八兩而已嘛！」

　　噓！千萬別告訴老師啊，要替我保守秘
密呀！

我的感想……

　　自從六歲那年開始打籃球後，我參加過無數大大小小的球賽，當中的賽果也各有勝負，但無論如何，都無法像沖繩這場沙灘排球賽那麼奇特。

　　當天跟我們比賽的對手是獅子隊，他們的隊員張浩生和許立德的球技是相當不俗的，我們可謂棋逢敵手。也許是因為視對方為勁敵吧，雙方都打得十分認真、投入，兩隊的得分也很貼近。

　　正當我們打得難分難解之際，張浩生一

不小心把球打歪，排球被打進水裏去了！排球剛落到水面，便隨即跟着海浪往外漂流。一眨眼間，排球已漂到海中心，而站在沙灘上的我們，就只能一臉無奈地目送着它遠去。

一場激烈的比賽，還未分出勝負，卻莫名其妙地告終，我們無敵隊和獅子隊都很不甘心，雙雙約定回來後一定要擇日重賽。

想知道最終哪一隊會勝出？那麼你們屆時記得要來觀戰啊！

我的感想……

馮家偉

那天在沖繩機場，我不過就是用別針替文樂心把背包修好而已，我不明白同學們為什麼那麼驚訝，特別是女生們，她們紛紛好奇地纏着我，非要追問我關於別針背後的故事，害得我不知該怎麼回答才好。

好吧，既然大家真的想知道，我便在這兒告訴大家吧！

事情是這樣的：

有一天，我跟媽媽到

菜市場買東西，當經過賣魚的攤檔時，我不小心滑了一跤，雙腿不由地張開成一字馬。雖然是站穩了腳步，但由於當時我所穿着的褲子本來就有點繃緊，實在承受不了這突如其來的拉扯，褲子「嚓」的一聲裂開。幸好媽媽暗中幫我用別針把破洞修好，才不致於當場出醜。

　　你們現在都明白了吧？如此尷尬的事情，教我如何能跟女生們分享啊？既然事情已經交代清楚，那麼拜託大家以後就別再追問了，可以嗎？

鬥嘴一班

糊塗遊學團

作　　者：卓瑩
插　　圖：步葵
責任編輯：葉楚溶
美術設計：陳雅琳
出　　版：新雅文化事業有限公司
　　　　　香港英皇道 499 號北角工業大廈 18 樓
　　　　　電話：(852) 2138 7998
　　　　　傳真：(852) 2597 4003
　　　　　網址：http://www.sunya.com.hk
　　　　　電郵：marketing@sunya.com.hk
發　　行：香港聯合書刊物流有限公司
　　　　　香港荃灣德士古道 220-248 號荃灣工業中心 16 樓
　　　　　電話：(852) 2150 2100
　　　　　傳真：(852) 2407 3062
　　　　　電郵：info@suplogistics.com.hk
印　　刷：中華商務彩色印刷有限公司
　　　　　香港新界大埔汀麗路 36 號
版　　次：二○二○年十一月初版
　　　　　二○二二年一月第二次印刷

ISBN: 978-962-08-7633-2